Analyse de l'œuvre

Par Benjamin Taylor

Histoires comme ça

Rudyard Kipling

lePetitLittéraire.fr

Analyse de l'œuvre

Par Benjamin Taylor

Histoires comme ça

Rudyard Kipling

lePetitLittéraire.fr

Rendez-vous sur lepetitlitteraire.fr et découvrez :

Plus de 1200 analyses
Claires et synthétiques
Téléchargeables en 30 secondes
À imprimer chez soi

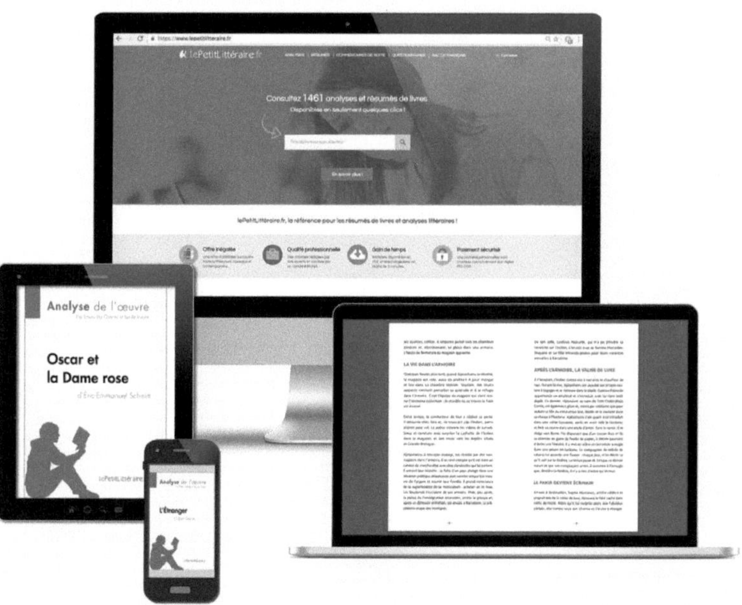

RUDYARD KIPLING   **5**

Romancier, poète et nouvelliste anglais   5

HISTOIRES COMME ÇA   **7**

Histoires d'origine animale   7

RÉSUMÉ   **8**

Comment la baleine a eu sa gorge   8

Comment le chameau a obtenu sa bosse   8

Comment le léopard a obtenu ses taches   9

L'enfant de l'éléphant   10

La chanson du vieux Kangourou   10

Les débuts du tatou   11

Comment la première lettre a été écrite   11

Le crabe qui jouait avec la mer   12

Le chat qui marchait tout seul   13

Le papillon qui tapait du pied   13

PERSONNAGES   **14**

Solomon   14

Le jeune éléphant   15

Taffy   16

ANALYSE   **18**

Évolution   18

L'animal et l'homme   19

L'origine de la Terre   20

Genre   22

POURSUITE DE LA RÉFLEXION   **23**

Quelques questions à méditer...   23

AUTRES LECTURES   **25**

Edition de référence   25

Adaptations   25

Plus de BrightSummaries.com   25

RUDYARD KIPLING

ROMANCIER, POÈTE ET NOUVELLISTE ANGLAIS

- **Né à Bombay (Inde) en 1865.**
- **Décédé à Londres en 1936.**
- **Travaux notables :**
  - *Le Livre de la jungle* (1894), recueil de nouvelles
  - *Capitaines courageux* (1897), *roman*
  - *Kim* (1901), roman

Rudyard Kipling est considéré comme l'un des plus éminents écrivains anglais de sa génération. On se souvient de ses écrits sur l'Empire britannique, l'Inde et ses contes pour enfants. Bien que sa célébration tristement célèbre de l'impérialisme européen signifie qu'il est parfois considéré comme désuet et problématique dans le contexte de sociétés occidentales de plus en plus libérales sur le plan social, ses romans, ses histoires et sa poésie sont très appréciés pour leur expertise, leur ingéniosité et leur dynamisme. Il est né à Bombay (aujourd'hui Mumbai) en 1865 de parents anglais et, après avoir fait ses études en Angleterre, il est retourné en Inde pour travailler comme journaliste. C'est là qu'il a commencé à publier ses poèmes et ses nouvelles, et il est rentré en Angleterre en 1889 en fanfare pour la qualité et la popularité de ses écrits. En Angleterre, Kipling est de plus en plus apprécié en tant qu'écrivain et se lance dans une carrière prolifique qui comprend un grand nombre de nouvelles et de recueils de poésie, ainsi que quatre romans. En 1907, il est devenu le premier Anglais à recevoir le très convoité prix Nobel de littérature, et il a continué à écrire jusqu'à sa mort en 1936, à l'âge de 70 ans.

HISTOIRES COMME ÇA

HISTOIRES D'ORIGINE ANIMALE

- **Genre :** recueil de nouvelles
- **Edition de référence :** Kipling, R. (1986) *Just So Stories*. Londres : Cox & Wyman Ltd.
- **1ère édition :** 1902
- **Thèmes :** animaux, origines, identité, contes pour enfants, magie, Empire britannique, Inde, religion, nature

Les *Just So Stories* sont une collection de contes pour enfants qui traitent des origines fantastiques des caractéristiques de divers animaux. À l'origine, Kipling a imaginé ces histoires pour les raconter à sa fille Joséphine à l'heure du coucher, et elles sont appelées ainsi parce qu'elle exigeait qu'elles soient racontées exactement de la manière dont elle était habituée. Les histoires ont été publiées dans un magazine pour enfants un an avant sa mort en 1902 et sont depuis devenues des classiques de la littérature pour enfants. Les histoires ont été bien accueillies après leur publication et sont devenues quelques-unes des œuvres de Kipling dont on se souvient le mieux. Les histoires ont également fait l'objet de diverses adaptations cinématographiques, télévisuelles et musicales, dont un dessin animé britannique en 12 épisodes.

RÉSUMÉ

COMMENT LA BALEINE A EU SA GORGE

Un jour, une baleine gloutonne mange un homme, qui commence astucieusement à faire des histoires dans son ventre. La Baleine appelle de sa gorge l'homme pour qu'il s'arrête et l'homme demande à sortir en Angleterre, ce que la Baleine accepte à contrecœur. Mais avant de quitter son estomac, l'homme découpe son radeau et utilise ses bretelles pour l'attacher à la gorge de la baleine, l'empêchant ainsi de manger à nouveau quelque chose de plus gros qu'un petit poisson.

COMMENT LE CHAMEAU A OBTENU SA BOSSE

Au début du monde, lorsque les animaux commençaient à travailler pour l'homme, il y avait un chameau qui vivait au milieu du désert pour être tranquille et ne pas avoir à travailler. Une succession d'animaux travailleurs viennent voir le chameau, se plaignant qu'il ne travaille pas – ce à quoi il répond par un « humph » et ils finissent par tous repartir. Finalement, un homme vient voir le chameau et lui dit que les autres animaux doivent travailler plus dur à cause de sa paresse. C'est alors que le chameau fait pousser sa bosse, ce qui lui permet de travailler pendant plusieurs jours d'affilée pour compenser le travail qu'il a manqué.

COMMENT LE RHINOCÉROS A OBTENU SA PEAU

Sur la côte d'une île surplombant la mer Rouge, un Parsee prépare un énorme gâteau qui est immédiatement volé par un rhinocéros – sa peau n'est pas aussi grossière et ridée que nous le savons maintenant. Le Parsee jure de se venger. Bientôt, une vague de chaleur s'abat sur l'île, et tout le monde se déshabille, y compris le rhinocéros, qui enlève sa peau (qui, à l'époque, était amovible) et va se baigner. Mais pendant qu'il se baigne, le Parsee frotte des miettes de gâteau sur la peau du rhinocéros, si bien qu'à son retour du bain, elle le démange horriblement. À cause de ces démangeaisons, le rhinocéros frotte sa peau contre les palmiers, ce qui, selon Kipling, est la raison de la peau du rhinocéros et de son caractère.

COMMENT LE LÉOPARD A OBTENU SES TACHES

Dans les plaines d'Afrique du Sud, un léopard – uni et sablonneux à l'époque – travaille en tandem avec un homme pour chasser les girafes et les zèbres. Les animaux sont fatigués du camouflage parfait du Léopard qui s'adapte au terrain, ce qui lui permet de les surprendre, et par conséquent ils se rendent dans la forêt, où les ombres agissent de telle sorte que la lumière mouchette. Pendant ce temps, l'homme et le léopard ont faim car ils remarquent que les plaines sont vides. Ils rencontrent par hasard un babouin qui leur conseille de se rendre dans la jungle. Dans la jungle, ils trouvent des traces de zèbres et de girafes, mais ne peuvent pas les voir. Ils se rendent compte, en attrapant deux créatures apparemment invisibles, qu'elles ont développé des rayures et des taches pour se cacher dans la lumière mouchetée de la forêt. En conséquence, le léopard décide d'en faire autant, en choisissant les taches comme meilleure forme de camouflage.

L'ENFANT DE L'ÉLÉPHANT

Un jeune éléphant qui est plein de questions demande à sa famille ce que les crocodiles mangent pour leur dîner. Ils lui donnent une fessée pour avoir posé trop de questions. Il se rend sur les rives de la rivière pour le découvrir par lui-même. À l'époque, les éléphants avaient le nez court, et lorsqu'il demande au crocodile qu'il rencontre ce qu'il mange pour son dîner, le crocodile s'accroche à son nez – avec l'intention de montrer au jeune éléphant ce qu'il mange exactement pour son dîner ! Mais l'éléphant recule, et son nez se transforme en une longue trompe. Il s'échappe et, après s'être d'abord apitoyé sur son sort, il se sert de sa nouvelle trompe pour attraper des fruits et rentrer chez lui pour se venger en donnant une fessée à toute sa famille.

LA CHANSON DU VIEUX KANGOUROU

Le kangourou était autrefois une créature ordinaire, d'apparence normale, qui approche un jour une succession de dieux en Australie pour demander à être transformé en quelque chose d'intéressant. Après plusieurs refus, son vœu est exaucé par le grand dieu Nqong, qui fait en sorte qu'un dingo le poursuive dans toute l'Australie. Le kangourou doit courir pour sa vie, de peur de devenir le dîner du dingo, et ce faisant, il commence à sauter des distances de plus en plus grandes jusqu'à ce qu'il saute et bondisse de plus en plus loin sur ses pattes arrière. À la fin de la journée, il est agacé par le Dieu, mais celui-ci lui dit que, avec ses énormes pattes allongées, il a obtenu exactement ce qu'il voulait.

LES DÉBUTS DU TATOU

Un jour, en Amazonie, un jaguar se fait expliquer par sa mère comment tuer et manger des hérissons et des tortues. Cependant, lorsqu'il rencontre deux de ces créatures, elles le trompent, le faisant confondre les instructions que sa mère lui a données. Croyant que le hérisson est la tortue, il tente de la sortir de sa coquille et se pique. Croyant que la tortue est le hérisson, il la jette dans la rivière et la regarde partir à la nage. Pour éviter que cela ne se reproduise, le Hérisson s'entraîne à nager et la Tortue à se mettre en boule. Ces exercices changent la forme des créatures en quelque chose qui ne ressemble pas tout à fait à un hérisson ou à une tortue, que la mère jaguar appelle un Tatou.

COMMENT LA PREMIÈRE LETTRE A ÉTÉ ÉCRITE

Un jour, une jeune fille néolithique nommée Taffy part à la chasse au poisson avec son père. Mais sa lance se brise, et il entreprend de la réparer, ne voulant pas renvoyer Taffy à la grotte pour récupérer sa lance de rechange. Un étranger d'une autre tribu apparaît, qui ne parle pas leur langue, et Taffy montre son père avec la lance pour que l'homme retourne à la grotte et montre à sa mère ce dont ils ont besoin. Il le fait, mais la mère et ses amies interprètent le dessin comme une représentation de l'homme en train de poignarder son mari et sa fille avec la lance et elles l'attaquent. Toute la tribu se rassemble et se dirige vers la rivière, où ils trouvent Taffy et son père en parfaite santé. Elle leur explique et ils rient tous, le chef inventant alors des formes d'écriture plus avancées pour éviter des erreurs similaires.

Le chapitre suivant suit Taffy et son père dans la création de l'alphabet – représentant les sons avec des formes picturales d'animaux, de rivières et d'autres choses naturelles pour créer lentement l'alphabet que nous connaissons aujourd'hui.

LE CRABE QUI JOUAIT AVEC LA MER

Au cours des premiers jours du monde, le magicien le plus âgé demande aux animaux du monde de jouer leur rôle dans sa « pièce » et de faire ce que font les animaux. Ceci à l'exception de l'Homme, qui est trop sage pour qu'on lui dise ce qu'il doit faire et qui, au contraire, dicte aux animaux ce qu'ils doivent faire, et du Crabe, qui s'est faufilé dans l'océan pour éviter qu'on lui dise ce qu'il doit faire. Cependant, le crabe rend l'océan sauvage lorsqu'il entre et sort à la recherche de nourriture, et inonde les terres, créant ainsi les marées. Pour le punir, le magicien aîné rend le crabe minuscule, mais il lui donne des pinces et la capacité de vivre sur terre et dans la mer.

LE CHAT QUI MARCHAIT TOUT SEUL

Cette histoire raconte comment les humains ont domestiqué les différents animaux sauvages – tous sauf le chat, qui reste libre de faire ce qu'il veut. Un homme et une femme s'installent dans une grotte avec un feu et concluent des accords avec une succession d'animaux, qui acceptent tous des services domestiques à des degrés divers. Le chat, quant à lui, n'est pas du même avis et parvient finalement à conclure un accord lui permettant d'aller et venir à sa guise sans être asservi par un homme.

LE PAPILLON QUI TAPAIT DU PIED

Cette histoire raconte l'histoire de Salomon – le roi et fils du roi biblique David – qui est continuellement réprimandé par ses 999 épouses pour ses divers défauts. Il se promène et surprend un papillon qui ment à sa femme en lui disant qu'en tapant du pied, il pourrait aplatir le palais et les jardins de Salomon. Reconnaissant les problèmes domestiques communs, Salomon est amusé et approuve le mensonge. Cependant, sa belle épouse Balkis l'entend et persuade la femelle papillon de mettre son mari au défi de taper du pied, ce qui, espère-t-elle, obligera Salomon à utiliser la magie pour effrayer ses femmes et les faire obéir. Elle le fait, et Salomon utilise la magie pour faire croire que le piétinage a fonctionné. Les nombreuses épouses de Salomon craignent son pouvoir et lui et Balkis vivent heureux pour toujours.

PERSONNAGES

SOLOMON

Salomon, connu tout au long de l'histoire sous le nom de Suleiman-bin-Dahoud, est l'un des personnages centraux de l'histoire du «Papillon qui tapait du pied». Il s'agit d'une figure biblique, réputée à la fois pour sa sagesse et sa grande richesse, et d'une figure importante du judaïsme et du christianisme. On nous dit qu'»il existe trois cent cinquante-cinq histoires à son sujet» (p. 113). Dans la Bible, Salomon est un roi israélite et le fils de David. Il est peut-être plus connu pour l'histoire de la Bible hébraïque dans laquelle deux femmes s'approchent de lui en revendiquant la propriété d'un bébé et il leur propose de couper le bébé en deux, devinant la véritable mère en jaugeant les réactions des deux femmes.

Dans *Just So Stories*, Salomon est ancré dans le mythe et la fantaisie, montrant des signes de sa merveilleuse richesse et de sa sagesse, et semblant également avoir des pouvoirs magiques et spirituels. Cependant, malgré ce qui semble être une suprématie absolue, la première partie de l'histoire, dans laquelle une créature de la mer dévore ce qu'elle imagine être suffisamment de nourriture pour tous les animaux du monde, montre qu'il est capable d'apprendre de ses erreurs, de faire preuve de douceur et d'accepter ses erreurs. Par la suite, il refuse d'utiliser la magie, sauf s'il y est contraint, afin d'éviter de se montrer: «Il ne se montrait que très rarement, et quand il le faisait, il le regrettait « (p. 114). L'histoire suit ses luttes avec ses 999 épouses et le plan de sa belle épouse Balkis pour l'aider. Il semble que Salomon n'ait jamais vraiment voulu avoir autant d'épouses, « mais à cette époque, tout le monde se mariait avec autant d'épouses, et bien sûr, le roi devait en épouser encore plus pour montrer qu'il était le roi » (*ibid.*). Il est amusé par les papillons parce qu'il peut voir les parallèles entre sa propre vie et celle du papillon mâle, et cette comparaison suit en effet une tendance dans les *histoires de Just So* – des similitudes entre les humains et les animaux personnifiés.

LE JEUNE ÉLÉPHANT

Le jeune éléphant, qui apparaît dans l'histoire « L'enfant de l'éléphant », est l'exemple fantastique que donne Kipling de la façon dont les éléphants ont obtenu leur trompe inhabituelle. Le jeune éléphant vit avec les différents membres de sa famille – qui semblent tous provenir de diverses espèces animales – à une époque proche du début du monde, où se déroulent tant d'histoires de Kipling. Le jeune éléphant est extrêmement curieux du monde qui l'entoure : il est plein d'une « curiosité satiable », ce qui signifie qu'il pose toujours autant de questions (p. 34). En effet, il agace toute sa famille par la quantité de ses questions – « il remplissait toute l'Afrique de ses 'satiables curiosités' » (*ibid.*) – à tel point qu'ils le battaient souvent.

La question qui l'obsède particulièrement est de savoir ce que mangent exactement les crocodiles. Il ne le découvrira que lorsqu'un crocodile le mordra au nez, prolongeant sa trompe grâce à sa force de traction jusqu'à la longueur que nous connaissons aujourd'hui. Comme dans de nombreuses histoires de *Just So Stories*, Kipling se plaît à créer des fantasmes autour des créatures les plus étranges et les plus célèbres de la nature, créant des situations dans lesquelles la transformation évolutive se produit instantanément et, dans ce cas, accidentellement. Ce n'est qu'après avoir découvert qu'il possède une trompe que le jeune éléphant la trouve utile et l'utilise pour se venger des membres de sa famille qui l'ont battu.

TAFFY

Taffy est un enfant du Néolithique qui vit dans une grotte avec sa mère Taffimai et son père Tegumai, et qui, grâce à son ingéniosité, parvient à créer une version de base de ce que nous connaissons aujourd'hui comme l'alphabet contemporain. Le nom complet de Taffy signifierait « Petite personne sans manières qui a besoin d'être fessée » (p. 60), mais la famille, dans les histoires où elle apparaît (« Comment la première lettre a été écrite » et « Comment l'alphabet a été créé »), semble être très heureuse et aimante les uns envers les autres. Ces histoires illustrent une fois de plus la manière dont Kipling relie l'évolution animale et humaine, puisque Taffy et son père créent un langage écrit pour surmonter un obstacle, lorsqu'une lance cassée oblige à aller en chercher une nouvelle auprès d'un homme qui ne parle pas leur langue. Taffy et son père créent ce nouveau langage en représentant les sons que leurs mots produisent par des images ou des endroits d'où ces sons émergent dans le

monde naturel qui les entoure, comme le bruit d'un poisson ou des arbres qui bougent dans la brise. Lorsqu'ils se
demandent comment montrer le son représenté par la
lettre « o », par exemple, ils pensent « tu mets ta bouche
ronde comme un œuf ou une pierre. Alors un œuf ou
une pierre fera l'affaire » (p. 73). Cette histoire est bien
sûr inventée, mais elle symbolise la raison pour laquelle
des développements évolutifs apparaissent tout autour
de nous.

ANALYSE

ÉVOLUTION

Les *Just So Stories* sont en fait une série de contes d'origine inventés sur une série d'animaux aux caractéristiques particulières. À l'aide d'un récit souvent absurde, Kipling invente les circonstances dans lesquelles des animaux particulièrement inhabituels ont acquis leurs traits distinctifs, comme l'éléphant qui obtient sa trompe ou le rhinocéros qui obtient sa peau bouffante. Bien que ces histoires soient absurdes (par exemple, on nous dit que le rhinocéros « a frotté sa peau pour former un grand pli au-dessus de ses épaules, et un autre pli en dessous », p. 22), elles révèlent un point de vue intéressant sur l'idée d'évolution, une théorie que Kipling aurait sans doute connue après la publication de *L'origine des espèces* de Charles Darwin en 1859. Dans chacune de ces histoires, on nous présente des animaux qui, bien que de manière infantilisée et simplifiée, développent les formes et les caractéristiques de leur corps afin de continuer à survivre dans leurs environnements respectifs – évoluant pour s'adapter à leur environnement.

C'est ce que l'on peut voir, par exemple, dans l'histoire « Les débuts du tatou », dans laquelle un hérisson et une tortue transforment physiquement leur corps afin de mieux échapper à un prédateur. Le hérisson apprend à nager, la tortue remarquant au passage que « vos épines semblent se fondre les unes dans les autres, et que vous ressemblez de plus en plus à une pomme de pin et de moins en moins à une bosse de châtaignier » (p. 56). Ces animaux, comme le reste des animaux des histoires, évoluent pour gérer des situations qui mettent leur vie en danger : le kangourou étend ses pattes pour s'éloigner du dingo, le léopard se peint des taches sur le dos pour se fondre dans la lumière mouchetée de la jungle et l'éléphant écarte son nez des mâchoires d'un crocodile.

De la même manière, les humains sont montrés en train d'évoluer à travers diverses situations. Cela est particulièrement visible dans l'histoire de Taffy et de la création de l'alphabet, où les humains néolithiques résolvent un problème en évoluant. De la même manière que les différents animaux des histoires sont représentés par des parties spécialisées de leur corps qui sont essentielles à leur survie, le cerveau des humains semble être leur caractéristique distinctive, car l'intelligence humaine permet souvent de résoudre des problèmes et de dominer les autres créatures.

L'ANIMAL ET L'HOMME

De nombreuses histoires s'intéressent également à la manière dont les humains et les animaux interagissent, et à leurs similitudes et différences. Kipling montre dans ses histoires que les animaux reflètent souvent le fonctionnement de la société humaine, tant en ce qui concerne la famille que les subtilités des relations entre animaux. C'est ce que l'on peut voir dans l'histoire du « Papillon qui tapait du pied », dans laquelle le roi Salomon est amusé par la dispute de deux papillons mariés : « Il rit, jusqu'à ce que le camphrier tremble, de la vantardise du papillon »

(p. 118). Les animaux et les humains sont également perçus comme similaires en termes d'évolution, les deux évoluant pour s'adapter aux exigences de leur environnement. C'est ce que l'on constate dans l'histoire du « Chat qui marchait tout seul », qui raconte comment divers animaux, ainsi que les humains, ont été domestiqués, et montre que le processus est partagé par les espèces qui s'apprivoisent afin d'obtenir une vie meilleure : « Bien sûr, l'homme était sauvage lui aussi. Il était terriblement sauvage. Il n'a commencé à s'apprivoiser que lorsqu'il a rencontré la femme et qu'elle lui a dit qu'elle n'aimait pas vivre dans son état sauvage » (p. 99).

Cependant, tout au long des récits, l'intelligence de l'humanité est également montrée comme un élément qui la distingue du règne animal, et ce qui semble être une domination naturelle et hiérarchique plaçant les humains au-dessus des animaux semble émerger dans les écrits de Kipling. Cela apparaît à la fois superficiellement, représenté par exemple par l'homme éthiopien qui « utilisait toujours le mot long. C'était un adulte » (p. 26), et de façon plus dogmatique, par exemple au début du monde dans « Le crabe qui jouait avec la mer », où l'homme décide que « je suis trop sage pour ce jeu ; mais veille à ce que tous les animaux m'obéissent » (p. 86).

L'ORIGINE DE LA TERRE

La plupart des histoires de la série « *Just So Stories* » concernent les origines de divers animaux au tout début du monde. La perspective de Kipling sur la façon dont le monde a été créé est certainement intéressante, et parfois bizarre. Kipling semble utiliser toute une série de sources religieuses et mythiques pour aborder le début du monde, les différentes histoires contenant des interprétations très différentes. L'histoire du « Papillon qui tapait du pied », par exemple, contient des Djinns, qui proviennent de la mythologie islamique, alors que Salomon est un personnage important de la Bible hébraïque. L'histoire de « Comment le rhinocéros a obtenu sa peau » suit un Parsee, issu d'une communauté religieuse de l'Inde qui suit le prophète iranien Zoroastre, tandis que « Le chant du vieux Kangourou » semble contenir des dieux inventés, dont le grand dieu Nqong. Ces variations peuvent être considérées comme reflétant la nature riche et diverse de la culture religieuse indienne, que Kipling explore dans certaines de ses autres œuvres, comme le roman *Kim*.

Il convient également de noter la présence de la mythologie et de l'iconographie religieuse dans les histoires par rapport à la théorie de l'évolution, qui constitue bien sûr la base du livre. Lorsque les histoires ont été publiées pour la première fois en 1902, les réactions religieuses à la théorie de l'évolution étaient encore agressives, beaucoup craignant que la théorie de l'évolution ne remplace la mythologie religieuse comme explication de la création du monde. Dans les histoires, l'évolution et la création religieuse apparaissent cependant en tandem, et le fait qu'il ne se concentre pas sur une seule théorie semble impliquer que Kipling n'a pas l'intention de porter un jugement sur leurs validités séparées, et les utilise plutôt pour créer un cadre riche et imaginatif pour ses histoires.

GENRE

Les *Just So Stories*, comme de nombreux livres pour enfants, font appel à diverses disciplines pour raconter des histoires, notamment la poésie, la prose et l'illustration. Les histoires de la collection comportent souvent un poème à la fin, mais dans certains cas, une sorte de poésie chantée est également présente. C'est le cas de l'histoire « Comment la baleine a eu sa gorge », dans laquelle Kipling décrit les actions d'un homme avalé : « Il bondissait et sautait, il tapait et cognait, il se pavanait et dansait, il tapait et tapait, il frappait et mordait, il sautait et rampait, il rôdait et hurlait, il sautait et tombait » (p. 8). Les histoires contiennent également des éléments absurdes et fantastiques, qui, avec la nature interdisciplinaire du texte, les rendent plus fantaisistes et, bien sûr, plus attrayantes pour les enfants. Cela se voit dans la nature bizarre de nombreuses transformations d'animaux dans l'histoire, comme celle du jeune éléphant dont la trompe est allongée par un crocodile mordeur.

QUELQUES QUESTIONS À MÉDITER...

- Pensez-vous que ces histoires confrontent directement la théorie de l'évolution ? Pourquoi/pourquoi pas ?

- En quoi le traitement de la race par Kipling dans les histoires est-il problématique, en particulier dans l'histoire de « Comment le léopard a eu ses taches » ? Comment la place de Kipling dans la société britannique et l'atmosphère de l'époque ont-elles pu influencer ces points de vue ?

- Que peut-on déduire de ces histoires sur l'époque où Kipling vivait en Inde britannique ?

- Les « *Just So Stories* » sont assez semblables, dans leur forme et leur contenu, aux histoires qui composent *le Livre de la jungle*. Pouvez-vous penser à d'autres similitudes entre les deux textes ? Quelles sont les différences ?

- Ces histoires sont considérées comme des classiques de la littérature pour enfants. Pourquoi pensez-vous que ces histoires ont connu un tel succès auprès des enfants ?

- Que peut-on dire des réflexions de Kipling sur la place des animaux dans le monde par rapport aux humains ? Peut-on retrouver ces points de vue dans ses autres œuvres ?

- Dans de nombreuses histoires, on trouve des similitudes entre la façon dont les groupes d'humains et d'animaux interagissent. Y a-t-il une part de vérité dans ces similitudes, ou Kipling personnifie-t-il simplement les animaux pour les rendre plus humains ?

- Kipling a-t-il le droit d'utiliser la mythologie et l'iconographie d'autres cultures ? Un auteur devrait-il pouvoir utiliser les croyances religieuses d'autres personnes dans le but de raconter une histoire ? Expliquez votre réponse.

AUTRES LECTURES

EDITION DE RÉFÉRENCE

- Kipling, R. (1986) *Just So Stories*. Londres : Cox & Wyman Ltd.

ADAPTATIONS

- *Just So Stories*. (1992) [Série télévisée]. Timothy Forder. Réalisateur. Royaume-Uni : Sanctuary Digital Entertainment Studio.

PLUS DE BRIGHTSUMMARIES.COM

- Guide de lecture – *Kim* de Rudyard Kipling.
- Guide de lecture – *Le Livre de la jungle* de Rudyard Kipling.

Votre avis nous intéresse !
Laissez un commentaire sur le site de votre librairie en ligne
et partagez vos coups de cœur sur les réseaux sociaux !

lePetitLittéraire.fr

- des analyses de livres
- des fiches de lectures
- des commentaires littéraires
- des questionnaires de lecture
- des résumés

Retrouvez
notre offre complète sur
lePetitLittéraire.fr

ISBN version numérique : 9782808684163
ISBN version papier : 9782808684965
Dépôt légal : D/2023/12603/996

Conception numérique : Primento,
le partenaire numérique des éditeurs.